Desideri Passionali

Pepe Luisa

Impressum

Bibliografische Information der Deutschen
Nationalbibliothek: Die Deutsche Nationalbibliothek
verzeichnet diese Publikation in der Deutschen
Nationalbibliografie; detaillierte bibliografische Daten
sind im Internet über dnb.dnb.de abrufbar.

© 2020 Luisa Pepe
Herstellung und Verlag: BoD – Books on Demand,
Norderstedt
ISBN: 978-3-7519-8907-7

Ida gira l'angolo e si maledice per non aver indossato niente di più caldo.Questo anno l'inverno si è fatto avanti prima, e l'aria aghiacciante gli era penetrata nella sua giacca.Qualche passo avanti e si infila nel piccolo bar.Le luci sono attenuate e la musica soffusa. Si siede a uno delle tavole rotonde e ordina un cappuccino. Mentre si beve la bevanda calda, sente un formicolio dietro la schiena, qualcuno la osservava.Si guarda intorno e vede due signori che le sorridevono e la salutarono. Subito lei riconosce in loro Sergio e Sandro.La settimana scorsa alla raccolta Fondi aveva evitato di incontrare Sergio e si era anche nascosta da lui.Sergio era e rimaneva la sua debolezza.Quattro anni fà lui,l'aveva confessato di amarla

ma all'epoca la sua vita era un disastro totale.Il suo matrimonio era andato a pezzi e le persone intorno a lei non avevono meglio da fare che bisbigliare e diffondere meschinità.Progressivamente si stava infastidire e i nervi non erano più tanto saldi a sentire sussuri e chiacchiere e sguardi ironici dietro le sue spalle.
Così se l'era sfilata dalla festa.Suo Padre l'aveva convinta ad andarci perchè era un vantaggio per la azienda.
Ora guardava Sergio sott'occhio e capi quello che aveva visto,e che aveva già capito quattro anni fà che lui e un uomo attraente e che le donne erano a i suoi piedi.
All'epoca era andata via perche non c'e la faceva
più a sopportare tutto.

A un tratto ritorna con il pensiero a;

Quattro anni prima...
„Ida io penso che noi due proviamo di più che una semplice amicizia,perche non ci mettiamo insieme?"
„Non mi capisci io non sopporto questa città,sono stufa.Ovunque io vada la Gente parla di me. Non sono cosi forte come credi,andrò a Milano c rincomincerò da capo."
„Sappiamo entrambi che quello che dicono di te non è vero.L'importante è che lo combattiamo insieme."
„Mi dispiace non posso farlo, me ne vado."
„Sei più preoccupata di ciò che la società pensa di te che di essere felice, Ida? Dici sul serio?"

6

„Sergio, ti amo.Ma nella vita non sempre si ottiene ciò che si vuole. "

Era ora che tornasse a casa la gli aspettava un accogliente salotto con il caminetto che sicuramente aveva fatto il suo lavoro e riscaldato in modo confortevole.Prese la giacca dalla sedia e chiamo la cameriera per pagare, ma essa la saluto indicando i due signori al bancone che avevano gia saldato per lei il conto. Lei formo con la bocca un Grazie e li saluto con la mano, e si dirige verso l'uscita. Fuori si guarda intorno per trovare un taxi e all'improvviso sente qualcuno chiamarla: „ Ida possiamo darti un passaggio a casa?"Scioccata si gira e non ha nemmeno tempo per rispondere che viene sollevata e si ritrova tra le braccia di

Sergio.Lui con lei in braccio si dirige verso la Limousine e la mette seduta dentro.
Non puoi essere vero! Cerca di parlare ma non
le esce una sillaba.
„Ida sei testarda come un mulo, fino a quando avresti trovato un taxi saresti stata già congelata come un ghiacciolo."
„So badare a me stessa Prugna secca."
„Non sto dicendo che non sai prenderti cura di te stessa, eppure ti comporti inresponsabile. Ti dovrei sculacciarti almeno il tuo sederino avrebbe lo stesso colore

come il tuo viso."
„Ehi, non sono più una bambina,stai parlando con una donna adulta."

La Limousine gira lentamente in una strada laterale e si ferma davanti al suo appartamento.Sergio scende e fa il giro della macchina e apre lo sportello e la fa scendere.Lei lo ringrazia e si affretta ad entrare,mette la chiavi nella serratura e prima di chiudersi la porta alle spalle da un ultimo sguardo alla strada, e vedo la Limousine infilarsi nel traffico.

Non aveva bisogno di accendere la luce, perche aveva lasciato la luce del salotto accesa in modo che quando tornava a casa,la solitudine non la travolgesse. Appese la giacca e cambia gli stivaletti con le pantofole. Dopodiche si dirige verso la cucina apre il frigorifero e tira fuori la bottiglia di vino rosso iniziato e se ne versa mezzo dito nell bicchiere. Intanto che si beve il liquido rosso va verso la finestra e vede la luna piena incandescente. Nonostante che la sua anima era ridotta a una tempesta si recò in soggiorno. Voleva dare un'occhiata al dossier bancario per controllare i documenti.Ma per lei era un mistero come i soldi potessero scomparire dal conto aziendale.Aveva messo il dossier sul tavolino da caffe, in soggiorno prima di andare all'inaugaurazione, ma adesso che guardava sul tavolino non c'erano più. Sbatte le palpebre nient'altro che il vuoto totale. Nella sua testa si forma una domanda cosa fosse successo perche le carte non ci fossero più. Ma accigliarsi non l'aiutava anzi le venivano solo le rughe.Forse gli ha aveva messe in

camera da letto e si dirige la,
niente neanche qui e adesso cosa
faccio? Niente doveva aspettare a
domani mattina quando stava in
Ufficio.
Sbadigliò; fini di bersi il
bicchiere di vino e va in bagno
dove si strucca, lava i denti e
si mette un pò di crema al viso e
va in camera da letto.
Dopo essersi coperta fino al
mento non riesce chiudere gli
occhi. Sergio la offuscava tutti
i sensi.Lo vedeva chiaramente
davanti se,con i suoi capelli
biondo scuro,il sorriso sfacciato
e gli occhi castani e
scintillanti.

Alla fine si addormento, fino a
quando un rumore assordante la
sveglia,era la famosa suoneria
della sveglia che avrebbe voluto
lancarla al muro. Si alza e va in

cucina a farsi un caffe.Dopo aver
bevuto il liquido nero con un pò
di latte si dirige in bagno a
farsi la doccia.
Visto che non aveva oggi nessun
appuntamento fuori sede, decide
di indossare jeans e una
camicetta.
Prese il cellulare dal bancone
della cucina e va verso la porta
guardando l'orologio al polso
sinistro.
Doveva sbrigarsi o avrebbe fatto
tardi in ufficio dove su padre
l'attendeva per le nove.

Sergio stava in piedi davanti
allo specchio e si preparo per
radersi. Doveva concentrarsi per
non tagliarsi,perche il suo
pensiero stava tutto su Ida la
piccola peste l'aveva ieri
chiamato prugna secca. I suoi
occhi verdi e i capelli rossi

lunghi e ricci gli offuscavano tutti i sensi.Doveva assolutamente stare lontano da lei altrimenti sarebbe impazzito.Invece vorrebbe portarla in spalle e stenderla nel suo letto.Dopo venti minuti era rasato e vestito,ma prima di recarsi alla credenza per prendere le chiavi dell'auto, da un ultimo sguardo allo specchio e vede che si e con tutte le precauzione, fatto lo stesso un piccolo taglio.Si avvicina alla porta d'ingresso, la apre esce e la rinchiude alle sue spalle. Poi prende l'ascensore fino al` parcheggio sotteraneo sale in macchina e si infila nel traffico mattutino per raggiungere l'ufficio.Insieme a i suoi due fratelli e l'amico Sandro dirigono un agenzia di investigazione privata,assumendo incarichi che andavano dalla sorveglianza alla sicurezza personale e alla scoperta di affari al servizio delle mogli ho mariti infedeli.Si precipita nel vestibolo dell ufficio e vede i suoi due fratelli e Sandro in piedi accanto alla macchina del caffè che sorridevono.

„Ehi ragazzi, cosa c'e di cosi divertente?"„Oh niente Sandro ci stava raccontando che la piccola dolce Ida ti ha chiamato prugna secca."

„Si si la piccola peste se ieri non ci fossimo noi a portarla a casa probabilmente fino che arrivasse un taxi si sarebbe trasformata in un cubetto di ghiaccio."

„Sergio,già che siamo in tema, il padre di Ida ha chiamato cinque minuti fa e vuole parlarti."

„Sai di cosa si tratta?"

„Non non lo so."

„Lo richiamo subito."

„Ciao Tommaso come stai? I
ragazzi mi hanno detto
che hai chiamato."

„Ciao Sergio si sto bene ma
starei ancora meglio se non
avessi un problema. E tu come
stai?"

„Non posso lamentarmi sto bene
anche io. Cosa ti
preoccupa, Tommaso?"

„E il conto della nostra agenzia
immobiliare,i soldi stanno
scomparendo. Devo mostrartelo
personalmente, è difficile da
spiegare al telefono.Ho bisogno
di te, perche non ho idea di cosa
stia succedendo. Hai tempo di
venire a
trovarmi in agenzia?"

„Certo in questo momento non ho
nessuno impegno, posso essere da
te tra mezz'ora."

„Oh,eccellente, ci vediamo a fra poco.“

Sergio posa il telefono e prese il cellulare e le chiavi della macchina. Passando dall'anticamera vede Danilo e Roberto che stavano ancora prendendo il caffe e gli informa che andava da Tommaso in agenzia.E poi si dirige fuori dal ufficio verso i parcheggi e prende la macchina.

Arrivato in agenzia posteggiò la macchina e si incammina verso l'edifici, entra e prende l'ascensore e spinge il pulsante al dodicessimo piano.Quando si apre la porta si ritrova Tommaso in piedi vicino la reception ad aspettarlo.

„Ciao Sergio andiamo nell mio Ufficio,ho diretto le telefonate alla reception cosi possiamo parlare indisturbati."

„Ciao Tommaso."

Tommaso si rivolge alla sua segretaria;

„Serena, Ida sarà tra poco qui dille di venire nell mio Ufficio e ci porti un caffe perfavore?"

Oh, *Dio quel tipo ha un bell'aspetto!*

„Si signor Tommaso arrivo subito con il caffe."

„Oh, cavolo Tommaso che problema c'e, che hai bisogno del nostro aiuto?"

„Il problema e che il denaro sta scomparendo dal nostro conto aziendale e non sappiamo come possa accadere, perche solo io e Ida abbiamo i codici d'accesso."

„Avete controllato con la banca? Hanno idea di come sia possibile che qualcuno possa derubare il vostro conto?"

„Si ho parlato con il direttore della banca, non riescono immaginare come si possa fare senza le credenziali."

„Beh, chi ti vorrebbe fare del male? Hai licenziato qualcuno o può essere un tuo concorrente?"

„Non ho licenziato nessuno,e ho due concorrenti però non ci intralciamo mai. Sei mesi fa stavamo negoziando per un edificio, e andata molto bene per entrambi."

Bussarono alla porta e lui sperava che fosse Ida perche non vedeva l'ora di rivederla.La porta si apre e davanti, camminava Serena con il caffe e dietro di lei c'era Ida. Lei indossava jeans e una camicetta colore smeraldo,I suoi riccioli rossi incorniciavano il suo viso ovale, Ida e dolce da gustare. Si chiedeva se sarebbe sopravissuto nelle prossime ore intorno a lei.Serena posa il caffe sul tavolo e va via. Tommaso saluta e ringrazia Serena per il caffe.

Appena Ida vede Sergio il cuore gli comincia battergli forte come stesse correndo una maratona. Il suo primo pensiero e come farlo tacere e il cuore e secondo: che diavolo ci fa lui qui!

Ida guarda sia il Padre che Sergio e aspetta che gli davano una spiegazione, apre bocca per fare uscire una sillaba e viene interrotta dal padre, e lei ingoie le prima parola che aveva sulla lingua.

„Ida ho chiesto a Sergio di scoprire chi ci sta derubando, non stiamo ottenendo nulla dalla banca.

Puoi dargli i documenti?"

Caro Papa, deve propio essere
Sergio che mi deruba gia dell
sonno e mi fa impazzire?
„Sergio, da domani sono via per
un viaggio di lavoro per le
prossime due settimane.Parto
stasera sarò raggiungibile al
cellulare.Ida rimane qui e puoi
dircelo a lei se scopri qualcosa.
Io rimango un attimo per
controllare la posta e le e-mail
e poi vado a casa. Mia moglie
viene con me,cosi non devo
viaggiare da solo.“
„Tommaso non proccuparti,
indaghero con i mie fratelli e
con Sandro. Ti auguro un buon
viaggio.“
Lei cammina davanti e lui la
segue fino al suo ufficio. Sergio
si accomoda nella sedia degli
ospiti davanti alla scrivania e
lei di dietro.

Dopo essersi seduta, Ida prende il fascicolo. Prima di andare da suo padre, aveva chiesto a Serena di Stampare il file, e c'e la aveva messo sulla sua scrivania.

„Ida hai intenzione di darmi quel dossier
prima della fine del secolo?"

„Oh scusa Sergio stavo pensando a quello che
devo fare oggi."

„Ida, Ida mi stai mentendo, va sapere dove stava la tua mente sicuramente non su quello che devi fare. C'e qualcosa che non mi stai dicendo?"

Sei proprio un bastardo, e lo sai, mi stai con i tuoi occhi marroni e lucenti togliendo i vestiti dal corpo.

„Prima di tutto non ho bisogno di nasconderti nulla, e in secondo luogo che razza di sciocchezze ti passa per la testa?"

„Sei sempre cosi tesa, ho solo nella mia presenza?"

„Vai all'inferno Sergio Ferlani!"

„Allora Ida Giametti passiamo agli affari. Hai idea di chi potrebbe ripulire il vostro conto aziendale?"

„Se lo sapessi non lo terrei per me, e tu non saresti qui!"

„E il tuo ex marito Paolo potrebbe averc lui qualcosa a che fare con questo?"

„Non riesco a immaginarlo, ma non ci metterei le mani sul fuoco per lui."

„Lo esaminero attentamente, se non ce nulla lo possiamo escluderlo."

„Che puoi gia dirmi qualcosa entro fine giornata, se hai scoperto qualcosa?"

„Non posso adesso dirtelo su due piedi vediamo.Potrei passare da te a le diciotto,ho sarai ancora in ufficio?"

„Ehm, sarò ancora in Ufficio a quell'ora visto che mio Padre sta via mi devo organizzare."

„Ci vediamo dopo.Andrò in agenzia e

inizieremo le indagini."

„Oky, Sergio buona giornata, A stasera."

„Buona giornata anche a te, ciao." Si alza e lascia la stanza e va verso l'ascensore. Tutta questa storia gli stava già facendo venire mal di testa. Arriva vicino all'agenzia, parcheggia l'auto e prima di entrare in ufficio va da panificio accanto. Quando entra in agenzia Roberto stava al telefono, mentre Danilo e Sandro lo guardavano con occhi luminosi,e lui si chiedeva cosa potrebbero avere, non poteva essere collegato al nuovo incarico.Improvvisamente una luce lo illumina; Sono i panini che aveva nelle mani.Quando Roberto mette giu il ricevitore gli chiama tutte tre, e si siedono alla tavola rotonda. Mentre mangiano i panini,lui gli racconta dell nuovo lavoro che gli aspettava.

Ida stava cosi impiegata nell'elaborazione della corrispondenza che non senti bussare alla porta
Guarda l'orologio alla parete che mostrava già le diciotto. E Sergio entra.
„Sono curiosa, cosa hai scoperto? Ah, scusa ciao Sergio per favore siediti."

„Ciao Ida fino adesso non sappiamo niente di concreto. E passato solo mezza giornata.Stiamo indagando sui vostri dipendenti e quelli della banca.

Il tuo ex marito ha una veste pulita dalle nostre indagine non risulta che potrebbe essere coinvolto.

Sei pallida, ma hai mangiato qualcosa piccola?"

„No, ho avuto molto da fare,e cosi me ne sono completamente dimenticata,ma ora che me lo dici, qualcosa il mio stomaco lo potrebbe sopportare."

„Anche io, a dire il vero.Che ne dici se andiamo in Pizzeria e dopo ti porto a casa?"

„Hmm, e un' idea eccellente, metto a posto la scrivania e poi possiamo andare."

Attraversano il centro della citta e si infilano in un vicolo, dove lui trova subito parcheggio. In pizzeria hanno pezzettini di pizza gia pronti e cotti al legno e prendono una per ciascuno. I tavoli sono tutti occupati cosi decidono di andare da lei a mangiarseli. Appena arrivati Sergio posteggia la macchina. Una volta scesi dall veicolo Ida porge la Chiave a Sergio, il fatto e che gli diventava difficile mantenere le Pizze e aprire la Porta d'ingresso. Arrivati al'ascensore entrano e salgono al quindicesimo piano. Sergio e davanti, appena la porta dell'Ascensore si apre, Ida fa un passo avanti, ma lui la prende per un braccio e l se la tira dietro di se. Scioccata e perplessa, lo guarda e non capisce più il mondo.

„Sei pazzo,cosa c'e che non va?"

„Hai chiuso la porta a chiave stamattina?"

„Sei fuori di testa,e una nuovo approccio. Ho fame smettila di fare giochetti."

„Non sto giocando,la porta e accostata. Non so se c'e qualcuno dentro, quindi stai dietro di me."

Prima di proseguire e andare alla porta Sergio tira fuori la sua Sig-38 da dietro la schiena, si avvicina lentamente alla porta.

„Porti sempre con te una pistola?"

„No, ma per lo più fa parte del lavoro. Ora stai zitta!"

Fa un passo verso la porta e ascolta se sente un rumore, non sente alcun rumori e apre la porta e entra dentro.Si guarda intorno ma quello che vede lo spaventa.

I cuscini del divano erano tutti
a brandelli, c'erano buttati sul
pavimento e davanti al l'armadio
da parete i libri, guarda oltre
dal l'altro lato e vede al muro
una scritta rossa. Aveva
dimenticato che Ida stava dietro
di lui quando si gira vedi il suo
viso sciolto in lacrime.La
abbraccia e la porta subito fuori
dal appartamento.Salgono in
ascensore e vanno al pianoterra.
Arrivati apre la macchina e fa
accomodare Ida, e lui tira fuori
il cellulare e chiama il suo
amico ispettore Flavio.Dopo
avergli spiegato cose era
accaduto, lui lo assicura che fra
poco sarebbe arrivato con la
scientifica.Dopodiche guarda Ida
e vede che non piange più ma ha
le mani davanti al viso.
Assicurato che lei stava più o
meno bene, compone il numero di

Roberto e gli racconta brevemente
cosa era accaduto e poi gli dice
se lui e Sandro potevano venire.

Si presentano tutti insieme;
Sandro, Flavio con la squadra
scentifica. Ma siccome non voleva
lasciare Ida da sola e non gli
voleva fare rivedere al momento
l'appartamento in quello stato,
la lascia sotto con Roberto.
Mentre salivano al quindiciesimo
piano Sergio raccontava agli
altri i dettagli che aveva visto
e soprattutto la scritta sul
muro. Informo anche Flavio che
lui stava indagando per conto di
Tommaso e Ida e di cosa si
trattava.
Una volta entrati
nell'appartamento, lascio che la
scentifica facesse il loro
lavoro.Appena erano finiti con la
camera da letto,Sergio entra e

prende dal guardaroba una borsa sportiva e ci mette dentro dei vestiti di Ida.Le avevano strappate anche delle camicette e pantaloni,neanche il suo orsacchiotto di peluche era sopravissuto.

„Tu Sergio, Ida deve firmare la denuncia contro ignoti e dirci se manca qualcosa.“

„Senti non ha mangiato niente tutto il giorno, sarà esausta e sta ancora sotto choc.La porto a casa da me. E domani passiamo da te, appena che abbiamo messo apposto un pò qua e visto se manca qualcosa. Conoscendola non gli piacera però non ha scelta.“

„Non proccupparti, ci sarà tempo domani, credo che chiunque rimarrebbe scioccato in una situazioni come questa. Finiremo qui, tu vai a casa con Ida, Domani ti posso dire qualcosa di più."

„Buona serata Sandro, ci vediamo in ufficio nel pomeriggio.Continuate a indagare sulla banca e sui dipendenti del agenzia."

„Ciao Sergio ,buona serata."
Sergio scende al piano terra e vede che Roberto stava vicino alla portiera aperto della macchina fumando una sigaretta. Si salutarono e lui getta la borsa dietro il sedile della macchina e dopo sale nella parte del conducente vicino a Ida.

„Ascolta piccolina, la cosa migliore e che vieni a stare da me,perche non sappiamo con chi abbiamo a che fare. Domai torneremo qui per vedere se hanno preso qualcosa,e poi mandero qualcuno a pulire.Dopodiche andiamo da Flavio a firmare la tua testimonianza. Ammazza che faccia fai! Non puoi stare nel tuo appartamento e nemmeno dentro un hotel come faccio io a protteggerti? Non e uno scherzo queste minacce e non sappiamo con chi abbiamo a che fare."

„Ma io ho bisogno di un posto tutto mio."

„Me purtroppo ti devi accontentarti della stanza dei ospiti, e il resto della casa a condividere con me."

La verita era che finalmente voleva piangere,senza che lui la sentisse e vedeva. E il solo pensiero di stare a casa sua, con lui le faceva sudare. O era il fatto che fino adesso non aveva mangiato nulla? Purtroppo con quelle minacce aveva ragione lui, e lei sperava che finiva questo casino al più presto.

Siccome era l'una di notte le strade erano deserta, si muoveva più velocemente.Dopo qualche centinaia di metri Sergio gira l'angolo e si ferma davanti casa sua. Scendono entrambi e lui prende da sedile posteriore la borsa e si incamminavano verso casa. Entrati dentro la conduce al piano di sopra in camera da letto e posa la borsa sopra una sedia.

„Ida, vai a farti una doccia, nel frattempo vado a scaldare le pizze."

„Non ho fame voglio solo andare a letto."

„Tesoro, devi mangiare qualcosa, e dopo una doccia calda ti aiutera a dormire meglio."

„Non mi stai ascoltando , non voglio!"

„Credimi tu vuoi."

„Non basta dopo tutto quello che oggi ho passato adesso mi devi anche stressarmi? Vedi di fare il macho
un'altra volta."
„Ida non te lo diro più, spogliati e vai sotto la doccia."
Lei si inoltra sempre di più al indietro dentro il bagno fino a ritrovarsi quasi dentro la doccia.Lui si avvicina a lei sempre di più e all'improvviso si ritrova in piedi davanti lui con solo mutandine e reggiseno.

Come lui e stato capace in una frazioni di secondi a spogliarla per lei e un mistero.
Lei lo guarda negli occhi scintillanti e lui la spinge ulteriormente dentro la doccia.
„Ida hai bisogno di aiuto c'e la fai a toglierti
le mutande da sola."

„Allora esci dal bagno, sono grande e riesco
a lavarmi da sola."
„E no non me ne andro finche non
ti togli il resto degli indumenti
e contero fino a tre e se allora
non te li sei tolti non vorrei
essere nei panni tuoi!"
„Uno, due,....e tre."
Nel giro di un secondo stava nel
mezzo della box doccia e un getto
d'acqua fredda gelida le scese
addosso.Quando era bagnata
fradicia come un barboncino lui
giro la manopola dell' acqua su
tiepida.
„Ora sei pronta per fare la
doccia tutta sola. Non
dimenticarti ti toglierti le
mutandine. Nell frattempo vado a
mettere qualcosa nei piatti."
„Sei un bastardo culo
d'elefante!"

„Ah ah ah ah, e si solo qualcosa
del genere mi potevo immaginare
che uscisse dalla tua dolce
bocca,buona doccia ci vediamo a
frapoco."
Sergio scende in cucina e ci
ripensa di riscaldare le pizze
cosi tardi, sarebbero stati
pesanti per lo stomaco. Cosi
prende dal frigorifero il
formaggio e prosciutto, mise il
bollitore sul fuoco per il tè e
intanto taglia il pane a fette
dopodiche mette tutto sul tavolo
con un pò di frutta. Lui si
poteva benissimo immaginare che
non scendesse, ma non perche non
aveva fame ma per sfida. Si gira
per andarla a cercarla, appena
girato se la ritrova davanti a
lui.
„Da come sorridi a quanto pare ti
ha fatto bene la doccia?"

„Si mi ha fatto bene mi ha rilassato tutti i muscoli."

„Mhm, vedi!"

„Vieni siediti a tavolo ho pensato che la pizza a quest'ora ci avrebbe appesantito, cosi ho preparato questo."

„Hm, lo penso anche io,ma hai messo tante
cose sulla tavola."

Dopo una fetta di pane con prosciutto, con un pezzetino di formaggio e un grappolo d'uva Ida era sazia.Invece Sergio mangio tre fette di pane con Prosciutto e formaggio.Intanto che sparecchiavano e mettevano i piatti nella lavastoviglie Sergio si mangiava una mela.

Dopo aver messo a posto, si sono tutte due diretti nelle rispettive camere da letto.

Ida una volta entrata in camera si mette la camicia da notte e si infila nel letto sdraita sulla schiena guardando il soffitto. Nel frattempo sente un ruscello d'acqua, era Sergio che si stava a fare la doccia.

L'immaginazione di Ida andava oltre vedeva davanti a se il suo corpo nudo bagnato e muscoloso. Ma all'improvviso gli si affiorisce davanti il suo appartamento malconcio.Il suo viso incomincio a umidirsi e le lacrime scendevano come un fiume in rotta. Con la manica della camicia si asciugo le lacrime. Si sentiva sola. Qualcuno le voleva del male pure se lei non aveva fatto male a nessuno. Solo al ricordo della frase scritta al muro le viene la pelle d'oca;*Tu morirai miserabile Puttana.*

Un altra volta si asciuga le lacrime con
la manica della camicia, fra poco la poteva strizzare per quando era bagnata.
Avrebbe voluto spegnere il cervello come si farebbe con un interuttore che spingi il pulsante.
Senti aprirsi la porta del bagno era Sergio che aveva finito di farsi la doccia. Forse per riuscire a dormire doveva contare le pecore.

Sergio stava sotto la doccia e non riesce a togliersi di testa tutto quello che era successo oggi.Dopo avversi lavato va in camera e si mette un pantoloncino e una magliaetta. Si sente stanco che non riesce nemmeno un'altro minuto a tenere l'occhi aperti, imposta subito l'orario della

sveglia cosi domani mattina
chiamava Serena la segretaria di
Ida per dirle che lei arrivava
nel pomeriggio in ufficio.
Dopodiche si infila subito sotto
le coperte e si addormenta
subito.

Alle otto suona la sveglia,
avrebbe voluto rigirarsi e
continuare a dormire ma il dovere
lo chiama, e si alza dal letto.Si
reca brevemente al bagno e dopo
scende a piedi nudi al piano di
sotto, va in cucina e si prepara
un caffe. Nel frattempo che se lo
beve telefona al ufficio di Ida.
Erano quasi le nove e lui va di
sopra a svegliare Ida.
Dopo che avevano fatto colazione
escono di casa per andare nel
appartamento di Ida. Lei stava
seduta vicino a lui tranquilla in
macchina durante il tragitto, ma

lui penso che non sarà facile per
lei una volta che sarebbero li
nel appartamento.Una volta
entrati hanno messo le cose rotte
nei sacchi dei rifiuti, nel
frattempo, che Sergio chiamava la
agenzia di pulizie, chiedendo se
potevono mandare qualcuno a
pulire, lei guardava se mancava
qualcosa.
„Ida va tutto bene?"
„Si non hanno rubato nulla tutti
i gioielli sono ancora qua."
„E strano allora non erano ladri,
cercavano qualcos'altro, ma cosa?
E volevano anche spaventarti la
domanda e perche?"
„Senti mi e sfuggito qualcosa di
dirti. L'altro ieri quando mi hai
portato a casa,prima di andare a
letto volevo riguardarmi il
dossier con i documenti bancari e
gli avevo poggiati sul tavolino
dell soggiorno prima di andare

all'inagurazione,ma quando sono ritornata a casa per prenderli non c'erano più la sopra e nessun altro posto. La mattina seguente ho chiesto a Serena se me li poteva stampare. Ti devo dire che non ci avevo pensato più e che saltavano fuori prima o puoi, ma adesso avrei dei dubbi, se cercavano i documenti gli hanno anche trovati."

„Ma e molto possibile,ma allora perche la mia domanda che mi si pone e; perche vengono un giorno dopo e ti mettono l'appartamento a soqquadro e ti minacciano anche?"

„Non, lo so non domandarmelo a me perche e per come."

Appena arrivati gli addetti alla pulizie,gli lasciano fare il loro lavoro, e vanno da Flavio in commissariato.

„Ciao voi due! Come stai Ida?"

„Sto bene dato le circostanza, vado a firmare la denuncia dal tuo collega e vi lascio soli a parlare."

„Avete trovato qualche indizio impronta?"

„Purtroppo niente nemmeno una traccia. Continueremo a indagare,ma e difficile senza un indizio, se avete bisogno di qualsiasi cosa noi ci siamo."

„Spero solo che i miei ragazzi hanno scoperto qualcosa sta diventando davvero tutto questo un cosa misteriosa."

„Grazie amico mio.Vado a vedere se Ida ha concluso e firmato.Ci teniamo in contatto. Ciao Flavio."

„Ciao Sergio."

Sergio si affaccia nella stanza accanto, e vede che Ida aveva appena finito di firmare i documenti.

Lasciano il commissariato e salgono in macchina e si dirigono nella agenzia di Sergio. Mentre lui giudava gli racconto che non avevano trovato nessuna traccia,e che lui era fortemente convinto che entrambi eventi erano collegati insieme. Però fino adesso tutti i pezzi del Puzzle non si incastravano. Arrivati in Uffici;

„Eh,ragazzi avete scoperto qualcosa?"

„Ciao Ida, Sergio purtroppo niente, il personale e pulito. Sandro sta cercando di entrare nel database della Banca. E da ore chiuso in ufficio con un esperto se vogliamo chiamarlo cosi."

„Quindi non abbiamo niente dannazione!"

Sandro esce dal l'ufficio;

„Sentite e tutto un pò complesso adesso vi spiego; I dati vanno a un server e vengono li memorizzati,solo qualcuno alla banca ha accesso al server e noi sappiamo chi. Ma mentre il denaro viene trasferito,i dati vengono reindirizzati e poi cancellati.Quando si guarda il saldo del conto,si vedono solo i soldi mancanti.Ma il server non cancella nulla e questa e la nostra fortuna o no,perche il denaro va su un conto di viaggi qui a Roma,si chiama La Esmeralda.
Ma non e registrata presso la camera di commercio."
„Senti ma del Tizio in Banca hai il suo nome?"
„Si certo si chiama Cassucci ma mica ci puoi andare cosi come niente fosse!"

„E no hai ragione però ci può Flavio aiutare, sai cosa adesso lo chiamo."

Ida ascoltava come Sergio, suo fratelli e Sandro parlavano e non capiva come avesse potuto succedere che la sua vita in due giorni si era trasformata in un incubo. Le mancava Gianna la sua amica di Milano.Lei pure era fuggita dalla sicilia finito i studi, come lei che era scappata da Roma.Sono passati quattro anni da quando gli aveva venduta quella graziosa Casa, era la suo primo vendita a Milano.Gianna si era innamorata della casa e voleva firmare il contratto di aquisto subito. Cosi avevano deciso di farlo davanti un aperitivo lo stesso giorno.Si sviluppo una amicizia e negli anni era diventata una vera amica.E lei ora vorrebbe che fosse qui a Roma. Più tardi gli avrebbe tramite messenger scritto.

„Ida tu vai con Roberto alla tua agenzia,e ci ritroviamo qua verso le diciassette. Invece io e Sandro con Flavio andiamo alla banca."
„Ma Sergio io ho degli appuntamenti fuori sede, come lo spiego a miei clienti? Stai scherzando non mi serve la protezione e voglio tornare a casa mia!"
„Ida non sappiamo con chi abbiamo a che fare.E in secondo luogo ho promesso ha tua padre che mi sarei presso io cura di te. E terzo puoi dire al tuo

cliente che Roberto e un apprendista che guarda come funziona la azienda imobilliare."

„Ovviamente non ho scelta e da
vomitare!"

Sergio aveva chiamato il padre
quella mattina e gli aveva
raccontato cose era sucesso, che
non doveva precupparsi, che si
sarebbe preso lui cura di Ida e
la avrebbe protetta,Ma lui voleva
immediatamente partire ma Sergio
lo ha subito tranquillizato e
convinto a non partire con la
promessa che ci sarebbe stato lui
attento a Ida.

Quando Sergio e Sandro arrivano
alla banca Flavio stava li
davanti d'aspettarli.Entrano e
vedono subito l'ufficio di
Cassucci sulla destra. Flavio
bussa e dopo „ si prego entrate"
Flavio apre la porta. Cassucci
stava davanti a due monitori e
sul muro cera uno grande.

„Buon pomeriggio signori, come
posso aiutarvi?"

„Buongiorno signor Cassucci commissario Denzi,i due uomini accanto a me sono investigatori privati.Ho una domanda; chi ha accesso al server della banca?"

„Si ma perche lo volete sapere? Solo io posso accedere."

„Il punto è questo che qualcuno sta manipolando dati personali per scopi personali. E se nessuno tranne,lei signor Cassucci,ha accesso,devo presumere che sia colpa sua."

„Non mi sento in colpa di niente, perche non saprei cosa avrei dovuto fare. E soprattutto cosa e sucesso in primo luogo?"

„Del denaro e sparito dal conto commerciale della nostra cliente,e noi non sappiamo spiegarcelo come sia potuto accadere. Ma siamo stati ingrado di accedere al server tramite un esperto; La domanda e:Se non e stato lei, chi è?"

„E una follia! Nessuno può accedere qui a niente senza i codici."

„Ma dove li tiene i codici di accesso e la chiave magnetica?"

„Qui in questo cassetto,ma la chiudo sempre a chiave. Ma gia che ci penso due mesi fa, mi e capitato che mi sono sentito male e così me ne sono andato di corsa dal medico e dopo a casa e ho scordato di chiudere a chiave il cassetto.

Quel giorno Melissa mi aveva portato una caraffa di caffe. A pensarci bene dopo aver bevuto il caffe mi sono sentito male."

„Allora chi e questa Melissa? Lavora qui?"

„No, e la moglie di Giorgio, viene a trovarci ogni tanto e ci porta qualcosa di buono per lui e per me, lavora due uffici più avanti come consulente.“

„Mhm, penso che ora capisco cosa e come e potuto succedere. Signor Cassucci, Grazie per l'informazione,se avessimo bisogno qualcos'altro da chiederla in tal proposito la contatteremo.“ Flavio aveva fatto le domande giuste. Il passo successivo era quello di indagare su Giorgio e Melissa.

Sergio e Sandro stavano andando in ufficio e si salutarono con Flavio. Tutte e quattro arrivano contemporaneamente. La giornata era stata lunga, cosi decidono di continuare il giorno dopo e vanno a casa.

„Ida ti piacciono le Lasagne? La mia governante ne ha preparato una teglia, deve solo essere messo al forno."

„Hai una cameriera! E si adoro le Lasagne."

„Si viene due volte a settimana e mi fa tutto."

Sergio apre la porta di casa e entrano. Fa andare Ida per prima a farsi la doccia. Lui va verso il Frigorifero e si prende una birra e esce sulla terrazza.

Però dopo qualche minuto rientra dentro perche

cominciava a fare freddo.

Ida stava sotto la doccia. Un piacevole odore di sapone di vaniglia la avvolgeva.Questo pomeriggio aveva scritto a Gianna,le aveva raccontato quello che era successo. Se dipendesse da lei starebbe gia su un aereo. Purtroppo deve lavorare ma gli

aveva ha promesso che guardava
per prenotare un posto sul aereo
per sabato e che si prendeva
qualche giorno di vacanze. Fino
allora mancano tre giorni. Ida
non sa come andra finire tutto ma
come lo diceva a Sergio?
Desiderava tanto l' appartamento
suo.
Finito di farsi la doccia si
asciuga e si veste decide di
mettersi un pantalone da
ginnastica, e un top. E dopodiche
 scende le scale di corsa per
andare in cucina, e vede Sergio
seduto al bancone della cucina
leggere il giornale.
„Sergio, se vuoi farti una
doccia,io ho finito nel Bagno.“
Lui alza la testa dalla rivista e
la sorride.Ida in quel istante
gli attraversa al cuore una
strana sensazione, e il cuore che
gli sussura stai attenta ti stai

per innamorarti a capofitto o e
gia accaduto!Lei alzo lo sguardo
e vede negli occhi di Sergio una
luce scintillante lei in una
frazione di secondi abbassa
subito lo sguardo, se no si
sarebbe sciolta come un cono alla
crema.
Lei mette la lasagna nel forno e
lui va a farsi la doccia.

Stava tirando fuori la lasagna
dal forno quando vede arrivare
Sergio con una bottiglia di Vino
rosso in mano,che a quando pareva
era stato anche in cantina.Taglia
due pezzi della lasagna uno per
lui e un per se stessa,nel
frattempo lui apre la bottiglia e
ne versa mezzo bicchiere per
entrambi e si siedono a tavola.

„Hmmm, e buona la lasagna la tua Governante

e un vero gioiello e una brava cuoca."

„Posso solo confermare se no avrei lei

mangerei solo panini."

„Senti ho una domanda da farti che conosci una Melissa e Giorgio Peso?"

„Non che io sappia pensandoci, no mh non so

proprio chi sono."

„Domani telefono a tuo Padre forse sa lui

chi sono e li conosce."

„E perche gli dovremmo conoscerli?"

„Perche e probabile che sono loro a rubare i vostri

soldi ma non e sicuro."

„Sto cercando un legame con loro tra tuo padre e te, sarebbe più

facile capire. Questo Cassucci della banca
non centra niente."
Sergio gli racconta come erano arrivati a Melissa e Giorgio e come sono nati dei sospetti. Dopo che avevano finito di mangiare la lasagna con l'insalata hanno preso il bicchiere di vino e sono andati in soggiorno.Sul divano cera abbastanza posto per due e si siedono la entrambi, lui accende la tv e decidono di vedere una commedia.Intanto che guardava il Film Ida sprofondava sempre di più nel divano le palpebre diventavono sempre più pesanti.*Sente un tratto delle labbra morbide sfiorarla la gola su per collo fino alle labbra lentamente. Bastava che apriva l'occhi per rendersi conto che era solo una illusione.*

Ma non ci riesce e troppo piacevole. Tutto a un tratto prende un lungo sopsiro e si sveglia.

Si ritrova le labbra di Sergio sulle sue, e adesso vorrebbe ritrovarsi ancora con l'occhi chiusi. La sua anima la stava avvertire di fermarsi ma il cuore non ci riesce e tutto cosi bello morbido. Voleva gridare: Oh, cavolo non era possibile hahaha erano troppo impegnate ad accogliere le labbra di Sergio.Intanto il suo top giaceva perterra,e le mani di Sergio si facevano strada fino al seno.Sente un tocco di mani morbido vellutate, seguite da labbra morbidissime che le circondava i capezzoli con la lingua prima una e dopo l'altra. Non era più in se sentiva solo

Pensare non era più
possibile.....

Si sveglia, e era ancora buio
nella stanza solo la luna
filtrava dalla finestra e dava
quell poco di luce.Lei gia era
andata con lui a letto quattro
anni fa, prima che lei andasse a
Milano, quando la confesso di
amarla. Ogni volta che e
succedeva un tale avvenimento con
Sergio la sua vita era in un
totale caos.
Si gira nel letto e si ritrova
l'occhi di Sergio che la stavano
guardando come fosse la cosa più
preziosa al mondo.
„Come mai non stai dormendo?"
„Perche non mi stanco mai di
guardarti, sei una donna bella e
affascinante."
Il cuore di Ida fa un sbalzo e
gli incomincia a battergli forte

era perduta e in paradiso.

„Ida dimmi cosa hai fatto in questi quattro anni?"

„Come ben sai a Milano ho continuato a lavorare per mio padre. E non di più."

„Hai conosciuto un altra persona?"

„Si Gianna una vera amica, ma se pensi a un uomo no, avevo bisogno di leccarmi le ferite che mi ha lasciato Paolo. Come ben sai non mi ha solo tradito nel mio letto coniugale ma anche davanti alla società con le suo menzogne, cioè che sono stata io a tradirlo. La ciliegina sulla torta e che ancora te la devo raccontare e che sono stata io a cacciarlo del appartamento, che alquanto me ne sono andata io via da lui. Ma pensare di poterlo spiegare a questa società e in inutile, per questo me ne sono andata mi sembrava la soluzione migliore."

„Dai Ida dormiamo un pò sono gia le tre di mattino."

Lui la abbraccia gli da un bacio sulla fronte e cosi si addormentano.

Solleticata dal sole si sveglia, si volta e trova altra metà del letto vuoto. Si alza e va in bagno fa l'essenziale e gia dal pianoerottolo sente dei rumori provenire dalla cucina e scende le scale.

Sergio stava in piedi con le spalle rivolte da lei vicino alla macchina del caffe. Lei molto lentamente si avvicina a lui e lo bacio sul collo.

„Buongiorno, Piccola. Hai fame?"

„Buongiorno grande, mhm un pochino."

„Metti il latte e il burro sul tavolo,io arrivo subito con il caffe."

Dopo aver fatto colazione si sono fatti la doccia e vestiti e sono andati in Ufficio. Ida la lasciata alla sua agenzia immobilliare dove c'era gia Roberto ad'aspettarla E lui se ne va al suo ufficio.

Appena entra in ufficio va direttamente alla sua scrivania e accende il computer, nella attesa che si avvia entra Sandro nella Stanza. E entrambi si mettono a cercare l'indirizzo di Melissa e Giorgio Peso. La cosa curiosa che gli sembra a Sergio e che al indirizzo di Giorgio non ci sia nessuna Melissa registrata. Se sia vero che sono sposati ci dovrebbe esserci.Questa cosa gli incomincia a puzzare di marcio.Cosi chiede a Sandro di telefonare a Cassucci e chiederli se veramente quelli due sono

sposati. Cassucci gli dice che
Giorgio la chiama sempre sua
moglie ma se veramente sono
sposati lui non lo sa. Allora li
rimaneva solo di fare una cosa
chiamare Ufficio dei registri
dello stato civile e cosi compone
il numero. Dopo il terzo squillo
rispose una signora. Dopo aver
cercato per un pò la signora le
rispose che Giorgio Peso non e
mai stato sposato fin'ora.Sergio
non sa come deve andare avanti
con l'indagine, però gli viene un
idea se andavano dietro a Giorgio
arrivavano anche a Melissa.La
domanda che gli veniva spontanea
se erano entrambi coinvolti ho
solo Melissa?

Ida entra in ufficio e si mette
alla sua scrivania, risponde alle
E-mail e prende appuntamenti con
i clienti. Nel frattempo Roberto

si era seduto davanti a lei e
giocava con il cellulare.Lei
aveva convinto Serena di
andarsene a casa a curarsi perche
era venuta in Ufficio tutta
raffreddata e con la febbre. Si
era fatto quasi mezzogiorno e lei
incominciava avere fame ma aveva
ancora un sacco di cose da
sbrigare cosi chiede a Roberto se
andava a prendere del caffe e dei
panini.Non gli sarebbe
sicuramente sucesso niente nel
breve tempo che rimaneva da sola.

Melissa stava seduta su una
banchina di legno con un caffe
caldo in mano di fronte alla
strada del agenzia.
*Questa stronza gli aveva rovinato
completamente i piani originali.
Si dovevainventare al più presto
qualcosa per togliersi gli*

investigatori di mezzo.
Paolo era stato troppo un
rammolito, non aveva nessun
sentimento per lei infatti dopo
che Ida gli aveva accolti in
infragrante la loro storia duro
ancora due mesi.Anche se lei la
aveva dato quello che voleva il
sesso più sporco e sfrenato di
tutti i tempi. Ci aveva messo tre
anni per pianificare e incontrare
alcune persone e Giorgio ora era
la chiave delle sue Intenzioni
non funzionerebbe senza di lui.Le
mancava il resto dei soldi,
trentamila lo aveva gia presi,ma
mancavano ancora centomila euro.
All'inizio voleva ricomprare la
casa dei suoi genitori, ma nel
frattempo aveva deciso
diversamente,voleva andare
all'estero,qui era troppo
rischioso per lei.
Guarda da l'altra parte della

strada e vede uno dei
investigatori, che era andato in
agenzia con Ida inoltrarsi verso
un vicolo. La segretaria era
andata anche vie, e adesso era la
sua occasione ah, e veramente
vero che la pazienza premia
sempre.
Lei si dirige dal'altra parte
della strada e entra nel edificio
del agenzia, va direttamente
verso ascensore
entra, spinge il pulsante per il
dodicesimo piano.
Quando la porta del ascensore si
apre esce e cammina lungo il
corridoio, c'e un silenzio
totale, nemmeno una mosca vola, e
si ferma davanti la porta del
ufficio.
Ida sente dei passi e pensa
quanto sia stato veloce Roberto
a tornare con i panini.
E cosi non alza nemmeno la testa

però con la coda del occhio vedo
un ombra.

„Roberto che voi piantarci le
radici li?"

„Ida sei proprio una stronza,
ingenua!"

Scioccata Ida alza la testa.

„Ehi cosa fai tu qui? Non ti e
bastato portarti Paolo a letto?
Ah, aspetta ti ha lasciato?"

„Immaginavo che eri una stupida e
ingenua ma adesso ho proprio la
conferma. Dopo tutto ho dato solo
a Paolo quello che non gli hai
dato tu. Però non bastava per
dire vissero felici e per sempre
non c ,era tutto questo amore e
dopo Paolo e un rimmolito.
Infatti dopo che tu ci hai
sorpreso in infragrante la nostra
storia e durata solo due mesi."

„Cosa vuoi tu veramente da me?Non
penso che sei venuta solo per
insultarmi?"

„Non riesci imamaginartelo vero?
Il tuo caro Papa non te l'ha
detto."
„Non so niente e non capisco di
cosa si tratta e cosa vuoi da
me!"
„Ora non e il momento delle
spiegazione fra poco torna il tuo
investigatore."
Melissa apre la borseta e tira
fuori una Pistola,la punta verso
Ida.
„Ora andiamo,alzati forza!"
Ida si alza e senza che lei se ne
potesse accorgere prende il
cellulare sopra la scrivania e la
giacca che stava appesa al
scienale della sedia prima di
fare il giro della scrivania
mette il cellulare nella tasca
della giacca.Escono dal edificio
e si dirigono a piedi fino ai
parcheggi a una macchina grigia.
„Non ti capisco, cosa vuoi tu da

me? Dove stiamo andando?"

„Stai zitta, sali!"

Cosa poteva altro fare che salire in macchina lei era invantaggio con la pistola in mano.

„Non ti leghero ma se non vuoi che faccio un incidente te ne stai bella calma e tranquilla. E adesso ti dico anche dove andiamo: Tata! Al tuo appartamento. Un ottima idea vero? Cosi siamo indisturbati tanto chi penserebbe di andare a cercarti la. Sei rimasta senza parole adesso? Ah, visto che, non credo che ci siamo presentati quando mi hai beccato con tuo ex marito, io sono Melissa."

Ida non capisce cosa vuole questa donna da lei,tutte le rotelle apposto non ce la di sicuro. A breve li deve venire un idea come farsi fare ritrovare da Sergio va sapere cosi ha in mente questa pazza. Arrivati scendono e si dirigono verso il suo appartamento al quidicesimo piano. Però lei prima di scendere quando Melissa era troppo occupata a guardare il traffico, aveva nascosto il cellulare sotto il sedile e il volume messo in stato silenzioso. Purtroppo durante il tragitto non poteva buttarsi fuori dalla macchina sarebbe stato troppo pericoloso, e la stronza infatti avava messa anche il blocco della portiera per i bambini.

„Ciao Sergio."
„Ehi, che ti stai annoiarti che mi chiami?"
„Stai zitto e ascolta.Sono andato un momento dal

panificio a prendere dei Panini e
Ida e rimasta qui in ufficio
quando sono ritornato non c'era
più.Ho guardato anche nel bagno
ma e sparita la borsa però sta
qua.
Qualcosa deve essere sucesso!"
„Ma non poteva venire con te, ti
avevo detto di non perderla di
vista. Oh, cavolo! Senti guarda
nella borsa o sulla scrivania,
vedi se si ha portata il
cellulare.Io e Sandro abbiamo
trovato il cognome di Melissa si
chiama Gardena. E anche probabile
che Tommaso la conosce perche a
un asta ha comprato la casa dei
genitori di Melissa. Però non
sappiamo che collegamento tutto
insieme ha."
„Mhm, ha il cellulare con se, qui
non ce niente.
Speriamo che Sandro riesce a
localizzarlo."

„Sandro rintraccia il telefonino
di Ida, vedi di fare il più
veloce possibile, se siamo
fortunati e riuscita a
nasconderlo da chi la presa.“
„Roberto ti mando Danilo
la,appena che arriva vieni che mi
servi qua. A dopo ciao.“
„Sergio, non ci crederai,e a casa
sua.“
„La mia domanda e; che diavolo ci
fa a casa sua! Quando arrivero li
si prendera un paio di
sculacciate che non potra per una
settimana appoggiare quel dolce
sederino sulla sedia.Ma aspetta
per entrare nel suo appartamento
gli servono le chiavi, telefono a
Roberto vediamo un pò.“
Sergio prende la cornetta del
telefono e digita il numero.
„Roberto sono io senti guarda un
attimo nella borsa di Ida se ci
sono le chiavi.

Sandro la localizzata e sta a casa sua."

„Adesso guardo dammi un momento.Le chiavi sono qua nella borsa."

„Ma allora come cavolo fa entrare dentro casa c'e qualcosa di sospetto non quadra niente. Ehm, Danilo e arrivato?"

„Si e appena entrato allora ci troviamo davanti l'appartamento di Ida, io e Sandro adesso parliamo a dopo."

Non aveva idea come Melissa voleva aprire il suo appartamento lei le chiavi le aveva dentro la borsa che l'aveva lasciato nel ufficio. Davanti la porta di casa lei prende dalla tasca dei pantaloni una chiave e apre. *Cosa? Dove ha preso le chiavi?* „Si,si Ida e stato facile farle fare e sucesso tre settimane fa

72

quando sei andata con i tuoi
genitori in Trattoria. Tu e tua
madre siete andati in bagno,
lasciando la borsa al schienale
della sedia
e tu padre nel frattempo ha
dovuto uscire per rispondere a
una telefonata.È stato facile
fare un ricalco delle chiavi e
posarteli di nuovo nella borsa.“
Entrano entrambe nell
appartamento ma Melissa non
chiude a chiave la porta
apparentemente era sicura di se
che qui non veniva nessuno a
cercarla. Ma Ida sperava che
Sergio la trovasse al più
presto.Lei portava un portatile
sotto il braccio destro quando
l'aveva preso non lo sa, lei era
troppo occupata a cercare una
soluzione, per farsi trovare da
Sergio.
„Siediamoci al tavolo della

cucina qui e più comodo."

Si siedano un accanto altro e
Melissa appoggia il portatile
vicino a lei e lo avvia.
Dopodiche prende dalla tasca dei
Pantaloni un foglietto di carta
dove c'era scritto i dati
bancari.

„Ora tu mi trasferisci su questo
mio conto centomila Euro."

„Non ho tutti questi soldi!"

„Oh,cara tu padre però si,
dopotutto non gli fregato, se
avevo una casa ho no comprandola
all'asta. La volevo ricomprarla
da lui a rate. Sai quale e stata
la sua risposta che dovevo essere
anche contenta che e stata
venduta che mio padre mi ha aveva
lasciato abbastanza debiti che io
a lui non sarei stata capace di
ripagare la casa.E ora mi
riprendo quello che mio, anche se
non voglio più comprarmi la casa

dei miei genitori. Vado all'estero e mi compro li una casa."

„Allora quindi sei stata tu a rubarmi il dossier bancario nel mio appartamento?"

„Si hai cambiato il numero bancario,quindi ho dovuto agire."

„Perche sei entrata a casa mia due giorni dopo?"

„Dovevo tenerti occupata, ma non pensavo che avresti assunto dei investigatori privati. E quando una intera banda e venuta in banca per rintraccarmi ho dovuto agire in fretta.Ecco perche siamo qui posso solo una certa somma ogni mese trasferire."

„E Paolo ce anche lui dietro tutto questo?"

„Fai troppe domande. Quell'imbranato non lo farebbe mai. Però Giorgio e un vero tesoro. Come sua fidanzata ho

l'accesso a entrare in banca e
nei suoi uffici."

Sergio, Sandro e Roberto arrivano
vicino al condomminio di Ida.
Sandro localizza il cellulare di
nuovo di Ida ma in realtà stava
dentro una macchina grigia in una
strada laterale.Sergio si
chiedeva come facessero ad
entrare nell miglior modo nell'
appartamento senza farsi notare.
Si recano tutte tre nel
quindiciesimo piano prendendo
l'ascensore , arrivati al piano,
vanno in punta di piedi vicino
alla porta del appartamento lui
si mette
ad' ascoltare se sentiva qualcosa
e infatti c'era una donna che
parlava ma non capiva cosa diceva
esattamente. Sergio guarda la
serratura e scopre che non e
chiusa a chiave. Sandro fa

scivolare una sonda con la
telecamera sotto la fessura della
porta. Non cera nessuno
all'ingresso allora potevano
entrare. L'unico rischio era che
venivono immediatamente catturati
visto che non sapevano quante
persone si trovavano dentro. Cosi
Sandro allungo il cavo della
sonda per vedere meglio. Vedevano
che una parete separava il
soggiorno dalla cucina e che era
un buon nascondiglio per loro per
avere più chiarezza per
ulteriori azioni.Sandro rimane
fuori la porta, Sergio e Roberto
entrano piano e lentamente verso
il muro.Sergio guarda a destra e
vede una pistola puntata verso
Ida. La sua piccola aveva un
portatile puntato sotto il naso,
a un tratto sente dire da
Melissa;
„Forza fai, vai avanti."

Per fortuna il sole non splendeva più, cosi non cera neanche pericolo che i loro volti potevano riflettere alla finestra della cucina dava loro il vantaggio di poter fare una azione a riflesso sorpresa.Roberto va dalla parte di Ida entrando in cucina invece Sergio fa la stessa azione dalla parte di Melissa. In quello frammento di tempo che Melissa si abbassa a guardare qualcosa sullo schermo del portatile Roberto fa un salto in avanti e spinge Ida via dal tavolo nello stesso momento Sergio punta la sua 38-sig alla testa di Melissa.

„Metti giu la pistola se no voi un buco in testa.“

Sergio gli toglie dalle mani di Melissa la 45 – Remigton e aspetta che Sandro entra dentro con le manette. Dopodiche Sergio

Telefona Flavio che venisse a
prender Melissa in custodia!
„Stai bene Ida?"
„Si tutto a posto menomale che mi
togliete sta pazza ditorno. E
neanche hai soldi sucesso niente.
Che ne dite se andiamo a mangiare
e bere qualcosa e dopo vi
racconto di Melissa?"
„Tu sei una vegente hai capito i
nostri pensieri stiamo a morire
di fame e sete."
Dopo che Flavio ha dato a due
Poliziotti Melissa in custodia,
viene con noi al Ristorante dove
ci raggiunge anche Danilo. Dopo
aver ordinato al cameriere tutti
e cinque la guardarono pieni
eccitazione per sapere.
„Dai Ida racconta diccelo."
„Tutto inizio quando mio padre
compro la casa dei genitori di
Melissa a un asta. Per lui e
stato un buon affare che negli

anni non si e mai ripetuto. Mi e ritornato in mente quando Melissa ne ha parlato.La madre di Melissa e morta di cancro. E il padre da allora ha ceduto all'alcol e ha speso tutti i soldi al casino. Due anni dopo mori anche il padre e Melissa dovette fare una scelta: O perdeva i gioielli di sua madre rinunciando alla eredita che era l'unica cosa che gli rimaneva di sua madre, ho doveva prendersi tutto il inclusi i debiti. Lei decise per i debiti però la casa venne messa subito all'asta. Melissa ando da mio padre e gli chiedeva se la rivendeva a lei che avrebbe voluto pagarlo a rate in pratica come un affitto. Ma mio padre si rifiuto perche sapeva che quei soldi non gli avrebbe mai visti. Dopodiche si intruffola da mio ex marito ma lui voleva con lei

solo divertirsi, lui non provava
nulla per lei. Tre anni dopo
conosce Giorgio e non crede alla
sua fortuna perche come sua
fidanzata ha accesso andarlo a
trovare nell suo ufficio. Nel
frattempo aveva acqiusito
competenze informatiche. Il piano
di lei era comprarsi la casa dei
genitori ma ripensandoci voleva
andare all'estero visto che le
diventava rischioso rimanere qui.
Questo e tutto quello che so."
„E perche si e introdotta nel
tuo appartamento?"
„Ecco Sandro, aveva bisogno delle
nuove coordinate bancarie, perche
dopo la scomparsa della prime
somma di denaro ho cambiate il
numero di conto. La prima volta e
gia entrata con le chiavi ma la
seconda volta era una azione per
tenermi occupata a non farmi
pensare a chi stava saccheggiando

il conto. Le chiavi la prese tre
settimane fa, quando sono andata
con i miei genitori al
ristorante. E successo in attimo
quando siamo andati io e mia
madre in bagno e mio padre stava
fuori al telefono ha fatto un
ricalco della chiave. E stato
facile per lei, visto che la
trattoria era piena e i camerieri
erano indaffarati."

„Cosa farai adesso Ida rimarrai
qui a roma?"

„Me per ora si, dopo i miei
genitori torneranno dall loro
viaggio di lavoro la fine della
prossima settimana. E sabato mi
viene a trovare una cara amica di
milano Gianna.E siccome
non sono più in pericolo posso
ritornare nell
mio appartamento."

Ida si gira e guarda diritto
negli occhi di Sergio e vede che

non e tanto contento della sua affermazione. Ma lei aveva bisogno di fare chiarezza con il suo cuore, e questo lo poteva fare solo da sola.

„Ida senti accetti di dormire ancora sta notte da me domani prima di andare in ufficio di porto a casa.“

„Si certo, pure anche per il fatto che ho tutto quello che mi serve da te.“Dopo aver mangiato si salutarono tutti, e Ida gli invita per domenica a casa sua per il pranzo. Dopodiche lasciano il ristorante e vanno a casa di Sergio.Nella macchina c'era un silenzio tombale, lui non la guardava nemmeno.A Ida le stava diventando tutto pesante cosi affronta Sergio;

„Senti Sergio ho fatto qualcosa che ti ha fatto arrabbiare, che non mi parli e guardi negli occhi?"

„Adesso non posso parlare, sto guidando e dopo non saprei di che cosa dovessimo parlare, tanto hai gia deciso tu per me e per te!"

„Questo non e vero, mi serve un pò di tempo per la mia anima!"

„Tu penso solo a te, e miei sentimenti dove rimangono? O cerchi solo una scusa per non rimanere qui a roma e per questo che ti serve tempo?"

„Tu non lo capisci, sbagli io a Milano per il momento non ci torno, mi serve solo un pò di tempo per me. Con noi due e andato tutto cosi veloce, che mi serve fare su tante cose chiarezza anche sopra i miei sentimenti."

„Ida una cosa del genere non venire a me a raccontare,tu hai solo paura di legarti e avere una relazione, ma non tutti gli

uomini sono come Paolo."
Ida ci rinuncia a farcelo capire,
lui non ha comprensione e sotto
questo auspicio una relazione con
lui può andare solo in una
catastrofa a finire. Arrivano
davanti casa, lui apre la porta e
lei vuole solo andare in camera
sua a letto.
„Dai Ida ci beviamo un bicchiere
di vino?"
Si siedono in soggiorno e lui
prende dalla vetrina due
bicchieri,va in cucina e porta la
bottiglia di vino.

„Sai Ida in questi anni mi sei
mancata,io non mi posso
immaginare una vita con un'altra
donna che te."
Si erano fatti le due di notte e
avevano bevuto tutta la bottiglia
di vino anche la stanchezza si
faceva sentire, cosi decidono di

andare a dormire.

Si sveglia e sente scorrere
l'acqua nel bagno. Con l'occhi
chiusi si immagina le sue curve
morbide,e il suo corpo bagnato.
No ferma! Apre l'occhio se no non
poteva garantire più niente
doveva sfamare la sua fame e
sarebbe pure capace di andarla a
prenderla e portarsela nel suo
letto. Cosi decide di alzarsi e
andare a sfamare un'altra fame,
va verso l'armadio e prende un
jeans e una maglietta e sente
come l'acqua della doccia viene
chiusa. Si veste, va un attimo al
bagno. Scende le scale e va verso
la cucina dove vede Ida davanti
la macchina del caffe spingendo
il pulsante.
„Buongiorno piccola"
„Giorno, hai una tabletta per il
mal di testa?Quando abbiamo

bevuto ieri?"

„Una bottiglia intera vado al
bagno apprendertela però bevi
tanto acqua."

Lui le da la tabletta e prende da
lei il caffe che gli aveva
preparato. Dopodiche fanno
colazione.

Salgono nella macchina e Sergio
porta Ida a casa. Durante il
tragitto si respira un aria
eletrizzante e pesante,a quanto
pare lui non accetta la sua
decisione che voleva un pò di
tempo per se. Vicino dell l'altro
lato della strada la fa scendere
dalla macchina.

„Allora Sergio fino a domenica a
pranzo
e grazie di avermi portato a
casa."

„Prego Ida a domenica e godeti la
tua amica."

Entra nel edificio e sale fino al quindiciesimo piano e apre la porta dell suo appartamento.

Si mette subito a lavoro pulisce un pò casa, nella stanza degli ospiti rimette al letto dei lenzuoli puliti per la sua amica Gianna.Dopodiche avvia la lavatrice con qualche panno e prende la macchina per andare al supermercato.

Ritornata a casa dalla spesa mette tutto a posto, toglie i panni dalla lavatrice e gli stende e si accorge che si era fatto quasi mezzogiorno, e decide di andare al ristorante a pranzare. Si incammina tra i vigoli fino al centro. Un pochino di strada c'era da camminare ma a lei non gli dispiaceva almeno si godeva ancora gli ultimi raggi di sole. Si avvicina alla fontana di Trevi e ci butta una monetina la *leggenda dice: che se ci butti una moneta un desiderio ti viene esaurito.* Dopo un paio di passi arriva alla trattoria e prende fuori posto sulla terrazza.Le tovaglie sono rustiche con i quadrati bianchi e rossi. Lei si ordinò le taglittelle hai frutti di mare con un insalata. Durante che si beve il suo espresso,paga il conto e dopo si incammina verso casa.

Sergio e seduto alla scrivania e gioca con il suo cellulare,non hanno nessun incarico per il momento e potrebbe andare tranquillamente a casa.Però a lui gia adesso gli manca Ida si era abituato subito a lei di averla atorno. Lui sperava che non andava di nuovo a milano, ma che rimanesse qua convivendo insieme

e sposarsi. Perche lui non vuole
nessun altra donna che Ida, la
piccola peste.

Ida si sveglia e ha un strana
sensazione nello stomaco forse
era solo la contentezza e
agitazione perche oggi veniva
Gianna. Alle dieci atterrava l'
aereo, al aeroporto di fiumicino.
Adesso erano gia le otto, percio
scende dal letto e va a farsi
subito la doccia senza prima
prendersi un caffe.
Era pronta,guarda l'orologio e
segnava le nove meno quarto,visto
che aveva ancora tempo accende la
macchina del caffe e si fa uscire
un espresso, Durante che lo beve
suonano il campanello della porta
di casa. Si domando chi potrebbe
essere a questa ora ma
sicuramente era la sua vicina per
farsi prestare ho lo zucchero o

il latte.Apre la porta e si
ritrova un ragazzo più o meno
della sua eta.*Ah pensa lei e
sicuramente qualcuno che le vuole
vendere qualcosa.*
„Senta io non ho tempo e non
compro niente. E cosi la saluto.
Devo andare a prendere la mia
amica al aeroporto.“
„No tu ascolti a me piccola
puttanella!“
Un brivido ghiacciale le scende
giu per la schiena rimane per un
attimo immobile.
„Io non ti conosco chi sei tu?“
„Questo te lo diro abbastanza
presto,non vorrai sicuramente
mettere le tue vicine di casa in
pericolo? Fammi entrare. Me mi sa
che devo essere un pò più
convincente!“
Tutto a un tratto prende da
dietro la schiena dalla altezza
della cintura dei pantaloni una

pistola, e la punta verso lei.
Ida si sente un brivido
agghiacciante dietro la schiena.E
a lei non gli rimane altro che
farlo entrare,ma in un secondo
gli viene un idea che e un pò
rischiosa. La porta era solo un
pò accostata lei prende un
piccolo slancio e la chiude
sbattendo e subito gira la
chiave. Fatto!In questo momento
sarà confuso non sa nemmeno lui
cosa e accaduto. E l'effetto
inaspettato,ma adesso non poteva
andare a prendere Gianna. Però
per fortuna stava adesso in
sicurezza.Ida prende il cellulare
e fa il numero di Sergio e gli
racconta tutto. Le dice che manda
Sandro a prendere Gianna e che
lui si mette subito in macchina
per arrivare da lei. Siccome
Sandro non conosce Gianna Ida
manda una foto cosi Sergio la può

inoltrarla a Sandro. E dopo va
verso la porta,guarda lo
spioncino per vedere se quell
uomo stava ancora sul
pianoerottolo. Ma si domandava
chi poteva essere e cosa voleva
da lei.A lei gli stava a venire
un sospetto,che poteva essere il
fidanzato di Melissa Giorgio.
Cosi prende il cellulare e va su
internet alla pagina della banca
perche maggiormente hanno la le
foto dei loro consulenti.Guarda,
guarda e trova il fidanzato di
Melissa che e identico a l'uomo
davanti alla porta.Suona il
campanello,poteva essere solo
Sergio pero per sicurezza guarda
lo spioncino. Appena lo riconosce
apre la porta e lo fa entrare.
„Senti andiamo in cucina ti va un
caffe?"
„Si volentieri, ma lo hai mai
visto questo tizio? O sai cosa

voleva da te?"

„ Ah, mi e venuto un sospetto, cosi sono andata a guardare il sito su internet della banca e tu non ci crederai ma e il fidanzato di Melissa che stava davanti la mia porta. Però non so cosa voleva sicuramente la mandato lei da me per i soldi, ho per mettermi paura.

„E molto probabile che lo ha mandato lei, quando sono venuto non c'era nessuno qua fuori."

Suona di nuovo il campanello di casa, e Sergio va aprire. Sono Sandro e Gianna.

„Ciao a voi due."Gianna va subito verso Ida.

„Hey ma cosa mi combini stai adesso bene?"

„Si e tu il viaggio andato bene?"

„Si, si tutto a posto, Sandro mi ha spiegato tutto."

„Dai vieni ti faccio vedere la

tua camera cosi
puoi posare la valigia."
„Chi vuole di voi una birra,
stamattina ho messo un paio nel
frigorifero.Ho preferite un
caffe?"
Prendono tutte quattro la birra,e
si siedono in soggiorno. Ida
guardando Sergio lo vede molto
pensieroso, nel frattempo Gianna
e Sandro discutevono su di un
film. A un tratto Sergio si
rivolge verso Sandro;
„Dovessimo andare da questo
Giorgio Peso e parlare con
lui,non che Ida se lo ritrova
un'altra volta dietro la porta."
„E tu credi che ci darebbe
ascolto?"
„Con i giusti argomenti penso di
si. Dai Sandro andiamo e voi due
state attenti,se ce qualcosa
anche la più piccola chiamatemi
oky? Allora fino a domani il

dolce lo porto io."

„Si oky Ciao a domani."

Escono e Ida chiude la porta a chiave. „Gianna ti vorrai sicuramente rinfrescarti vieni ti faccio vedere dove sta il bagno. Nell frattempo io preparo il pranzo."

„Si eccellente vado breve al bagno, e dopo ti vengo aiutare."

Sergio accende il motore della macchina e fa la manovra por uscire dal parcheggio, Sandro sta seduto accanto a lui.

„Penso che e presto per andare da questo Giorgio staro ancora lavorando in banca.Sai cosa andiamo prima mangiarci qualcosina."

„Hm, penso anche io che adesso non lo troviamo a casa, e dopo ho anche io fame,e a stomaco vuoto non funziona proprio niente da me."

„Ah, aproposito ho visto che hai
buttato un occhio su Gianna
scometto che hai trovato la donna
della tua Vita?"

Sergio gli fa l'occhiolino. „E
dai e dillo!"

„Oh, Sergio esageri come al
solito si mi piace un sacco ma
che proprio la donna della mia
vita non lo so, sai una cosa oggi
e sabato e alla banca non
lavorono,però andiamo lo stesso a
mangiare qualcosa prima che
andiamo da Giorgio Peso."

„Sandro che cambi argomento eheh
di piace lei, e come tranquillo
domani a pranzo fai più ambia
conoscenza con lei."

Dopo avversi mangiato una pizza
ripartano per andare da Giorgio
Peso.

Nel frattempo stavano Ida e
Gianna seduti a tavola mangiando
le tagliatelle con il sugo e le
polpette e l'insalata. Ida gli
stava raccontare su Melissa e
tutto quello che gli era
accaduto.

„Senti Gianna,prima ho visto che
ti piace Sandro."

„Oh, cavolo sei incredibile non
ti sfugge niente
ehm, che dirti mi piace e il mio
tipo uomo!"

„Cosa ne pensi vogliamo farci più
tardi una passeggiata, per Roma e
ceniamo alla trattoria?"

„Hm, si un ottima idea proprio
eccellente."

Mettono a posto la cucina e
Gianna si va riposare in camera
sua mettendosi a leggere un libro
e Ida fa lo stesso.

Sergio parcheggia la macchina davanti la casa di Giorgio. Tutte due scendono e vanno verso la porta,lui suona niente suona la seconda e la terza volta se ne stavano andando quando viene aperta la porta da un Giorgio ubriaco.

Loro due erano d'accordo sull fatto che in queste condizioni come stava non concludevono niente parlarci ,però entrano lo stesso. Sergio mette Giorgio nella doccia e nel frattempo Sandro prepara del caffe.Dopo che più ho meno gli era passata la sbornia provavano a includerlo in un discorso e lui promette di non dare più fastidio a Ida. Ma Sergio avendo molta conoscenza dell essere umano non gli credeva tanto.

Dopo due ore se ne vanno, che di

quelle hanno passato un'ora a
farlo diventare di nuovo sobrio.
Si mettono in macchina e Sergio
si infila nel traffico della
Strada per casa.

"Ida cosa pensi,quale vestito mi
sta bene quello rosso ho quello
nero?"
"Ah fammi vedere metteli tutte
due davanti a te, hm sono tutte
due belli e Li stanno bene tutte
due ma io mi metterei quello
nero."
"Oky allora che vada per quello
nero."
Erano pronti per uscire,Ida
prende dal bancone della cucina
il suo cellulare e escono di
casa.
Arrivano a piazza Navona, e si
incamminano verso il campo di
fiori al mercato.

„Hey Gianna ci andiamo a prendere un caffe? I piedi mi incomminciano a fare male!"
„Si anche a me incominciano a fare male i piedi, con queste scarpe non e facile camminarci."
Al primo bar che vedono prendono hai tavoli fuori posto, perche il sole splende e fa ancora caldo.Dopo che si sono presi il caffe vanno per negozi. Ida si compra una borsa e Gianna delle scarpe che gli faranno anche quelle male hai piedi. Si erano fatti le otto, e entrano al ristorante.

„Sergio hai della birra,ho la devo andare a prender al supermercato prima che chiude?"
„Non e che c'e gli ho in cantina due casse gli ho scordati a mettere nel frigorifero. Ecco Sandro gli sono andati a prendere

mettiamoli nel frigo se
dovrebbero essere caldi ho i
cubetti di ghiaccio. Senti ma hai
trovato il film triller?"

„Si lo ho trovato, quando vengono
i tuo fratelli?"

„Mi hanno detto che sarebbero
stati qua verso le otto meno
quarto."

Sergio guarda l'orologio al polso
che segnava le sette e mezzo.

„Ida cosa prendi? Io ho voglia di
supply."

„Hm, sai da quanto tempo non li
mangio io prendo la stessa cosa
ma prendiamo anche i calamari con
un insalata mista"

Appena ordinato la cena nel
frattempo che aspettano il
mangiare si bevono un prosecco.

„Allora alla nostra salute Ida."

„Si Gianna a noi salute."

„Di un pò Ida ,ho visto che

Sergio e totalmente pazzo di te,
quando di guarda gli brillano
l'occhi. Me c'e qualcosa tra
voi?"
„Si....ah, no."
„Questo me lo devi spiegare ho si
ho no,qualcosa di mezzo non
esiste."
„Oh cavolo i uomini!"
„Ma io non sono uno,pero si
tratta di uno."
„Adesso ti spiego io Sergio lo
conosco da tempo i nostri
genitori erano vicini di casa.E
gia allora lui voleva un legame
con me. Questa settimana ci siamo
riavicinati."
Il cameriere arriva con il
mangiare e lo posa sul tavolo Ida
avrebbe voluto dargli subito un
morso con tutta la bonta che
c'era sul tavolo
„Hm quanto sono buoni i supply."
„A chi lo dici hm."

Appena hanno finito e sazi di mangiare prendono un limoncello per digerire.

„Gianna vado un attimo in bagno, mi ordini nel frattempo un espresso?"

„Si telo prendo vuoi anche qualcosa di dolce?"

„Ehm, si prendemi un pezzetino di tiramisu a frapoco."

Ida si incammina lungo il corridoio e apre la porta della toilette, chiude a chiave dietro di se, e sente come viene aperta la porta del bagno. Dopo aver risolto tira lo sciaquone, gira la chiave e apre la porta e esce fuori. In quel momento viene afferrata da dietro e uno straccio puzzolente tenuto sotto il naso.

Tutto a un tratto non vede più niente si sente avvolta in un ombra nera.

Dove sei Sergio?Dove sono perche
non riesco a svegliarmi!

Gianna aveva ordinato il caffe e
il tiramisu, ma dopo più di dieci
minuti che non vede arrivare Ida
si stava proccupando per la sua
amica avevano mangiato tanto e
forse penso lei si e sentita male
percio si alza e va a guardare.
Si incammina lungo il corridoio e
entra nel bagno, però di Ida non
c'era nemmeno l'ombra. Chiude la
porta e va verso l'altro lato
dell corridoio nell frattempo si
domanda dove fosse andata e che
tutto gli sembra un pò strano.
Lei non sparirebbe senza dirle
niente.Incomminciava a sentirsi
male andando avanti arriva
davanti a due porte una deve
essere l'ufficio e altra il
guardaroba vede in fondo al
corridoio una porta di uscita e

va verso di lei, spinge la
maniglia e si apre e guarda
fuori. La fuori ci sono dei
parcheggi, e niente Ida e nemmeno
un anima viva,rientra
dentro.Percorre tutto il
corridoio e va al sua tavolo
pregando che stava li seduta e
che si domandava dove era finita.
Arriva al tavolo di Ida nessuna
traccia. Deve chiedere aiuto a
Sergio ma lei non ha un numero di
telefono di lui, si guarda
intorno e vede al schienale della
sedia di Ida la sua borsa. La
prende apre e tira fuori il suo
cellulare. E spera che non sia
bloccato con un codice. Uhhh,
menomale e senza codice scorre la
lista dei contatti e trova Sergio
e compone il numero.
„Ciao Ida stai bene?"Risponde
Sergio;
„Non non sono Ida ma Gianna.Senti

siamo venuti a mangiare alla trattoria, dopo aver mangiato Ida andata al bagno.

Dopo che erano passati più di dieci minuti che non ritornava mi sono incominciata a proccuparmi, anche perche abbiamo mangiato tanto, e ho pensato non e che sia sentita male così sono andata a guardare ma non la ho trovo da nessuna parte. E in più non e da lei che mi lascia sola e non si porta nemmeno la borsa. Non so che cavolo sta succedendo!"

„Gianna rimani calma, la troveremo, ci sta sicuramente quell pezzo di merda di Giorgio Peso se lo acchiappo lo riduccho a un Hamburger.

Oky, Sergio ti aspetto qui al ristorante."

„Si stiamo gia per strada."

„Ciao Gianna vieni andiamo,che

hai gia pagato se no lo facciamo noi."

„Si lo ho gia saldato il conto."

„Senti Gianna adesso tu vai con Danilo a casa mia e noi cerchiamo Giorgio Peso perche penso che lui a preso Ida a quanto pare oggi pomeriggio non sono stato troppo convincente."

„Però io voglio venire con voi, non melo puoi impedire!"

„Io ti capisco Gianna però prova a capire anche noi il tempo ci sta scorrendo via non sappiamo che intenzioni ha questo pazzo e non possiamo rischiare anche con te a portati con noi e stare attenti anche a te."

„Hm hai ragione e che sole sono proccupata da morire per Ida sono un pò egoista vabene vado con Danilo. Però appena sapete qualcosa me lo fatte sapere subito."

„Ma chiaro dopo stiamo sempre in contatto con Danilo."

„Portatemela solo a casa."

„Su questo ci puoi scommettere io l'amo."

Si sveglia e ha una bocca asciutta,lentamente apre l'occchi e si guarda intorno.Le tende alla finestra erano tirate stava sopra un letto che non era il suo,vicino a lei ce un comodino con sopra una abat-jour. Cosa era sucesso? Si fa forza per ricordare,li viene in mente era andata con Gianna alla trattoria avevano mangiato e dopo lei si reco alla Toilette e dopo non ricorda più perche divento tutto scuro davanti al l'occhi suoi. Guarda intorno a se stessa e si accorge che non e legata. Piano si siede sull letto e prova a scendere mettendo un piede alla volta lentamente ancora barcollava.Arriva alla conclusione che quell fazzoletto puzzolente che l'avevono messo sotto il naso era sicuramente imbevuto di sonnifero. Cammina piano fino alla porta e origlia se sente qualcuno niente un silenzio tombale.Prova silenziosamente di aprirla, No! Era chiusa a chiave.Si guarda di nuovo intorno e vede una altra porta va vicino ma e solo il bagno e rimane delusa.

„Allora partiamo andiamo a casa di Peso, a vedere se sta a casa, Sandro metti la radio se no ci addormentiamo."
Si fermano cinque metri lontano dalla casa di Giorgio ma quell tanto che possono vedere fino a li.Roberto prende il binocolo e guarda, nel frattempo la radio trasmette le notizie della

giornata.

„Allora sta a casa? Vedo delle luci."

„Si nell soggiorno ce la luce accesa ma lui non ce."

„Oh guarda in cucina viene accesa la luce."

„E cosa fa lui?"

„Si sta prendendo dal armadietto della cucina un bicchiere, apre il frigorifero e prende una bottiglia di vino rosso e si versa metà bicchiere. Si gira e rimette la bottiglia in frigo e va in soggiorno. Si siede in poltrona, e prende dal tavolino il cellulare."

„Sandro accendi il dispositivo di ascolto."

Sergio nel pomeriggio che sono stati da lui gli aveva attaccato sotto il tavolino nel soggiorno una microspia. E adesso gli faceva comodo per sapere dove tenevano Ida.

„Ma sta telefonando con Melissa, strano sta in prigione,come fa a telefonare con lei,ho esiste un'altra Melissa?"

„No a questo non ci credo,però la mia domanda e come fa a telefonare con lei? Sapete una cosa adesso telefono a Flavio vediamo cosa ne dice lui."

„Scusa Flavio per il disturbo che stavi dormendo?"

„Io non so le ma le persone normali a l'una di notte dormono,però dimmi come ti posso aiutare?"

„Si tratta di Ida e stata sequestrata,noi sospettiamo Giorgio Peso. Noi oggi pomeriggio siamo stati da lui per dirgli di lasciare Ida in pace e abbiamo messo a casa sua una microspia e adesso stiamo ascoltando.E lui in questo momento sta parlando con una Melissa,ma la Gardena sta in prigione sai tu qualcosa?"

„Oh cavolo, merda oggi mi ha chiamato il direttore della prigione che Melissa e riuscita a scappare, perche si lamentava di mal di stomaco e la hanno portata in infermiera aspettando che veniva l'ambulanza e cosi e riuscita a fuggire. Scusa che non te lo detto ero stanco morto e sono andato pomeriggio a dormire ho lavorato tutta la notte.Senti mi vesto e vengo mandami l'indirizzo che porto un paio di uomini?"

„No, non sappiamo ancora dove sta Ida, però portati Alessio cosi ci possiamo dividere in due Gruppi appena sappiamo dove si trova Melissa."

„Ok, stiamo per strada stiamo a venire a fra poco."

„Ok ciao."

Il cellulare di Sergio fa click, era Flavio che aveva chiuso la comunicazione.

„Roberto, Sandro avete scoperto qualcosa?"

„No parlano che si vogliono sposare e andare a vivere in spagna per sempre."

„Sapete una cosa localizzate il cellulare di Peso, forse scopriamo dove si trova Melissa."

„Non lo vedo bene, ma al piano di sopra si e accessa una luce prima era spenta ma lui sta qui sotto nel soggiorno e anche le tende erano tirate."

Ida si risveglia e nella camera e buio,ma gia prima aveva accesso la abat-juor. La porta non si apriva al difuori quella del bagno.Pur avendo accesso la luce era ancora troppo scuro nella camera e vede le tende blu scuro

tirate. Va alla finestra, e le
tira indietro e guarda fuori
dalla finestra che e tutto nero
pesto.Pur volendo gridare chi la
poteva sentire, dopo non ha la
minima idea dove si potrebbe
trovare orientamento zero per
tanto che e scuro la fuori.Rimane
ancora qualche minuto a guardare
fuori dalla finestra pensando a
Sergio e sperando che la
trovassero.Nel profondo dell suo
cuore aveva capito in questi
giorni di amarlo.Lei vorrebbe
abbracciarlo, ho il suo tempo era
passato e lei tra pò morira?

Hey, Ida smettila! Ti trovera e
non pensare a una cosa dell
genere.
Lei si domando come fosse come
mamma.Hm, vorrebbe due bambini e
un cane,proprio una vera

famiglia.Aveva sete guarda sul commodino e vede una bottiglietta di acqua e beve un sorso e continua a guardare fuori dalla finestra.

„Hey Roberto vedi qualcosa?"

„Oh, cavolo la sopra ci sta una donna che si muove .Oh, mio dio! Ma e Ida sta guardando fuori dalla finestra e la sopra rinchiusa"

„Aspettiamo che viene Flavio e Alessio e dopo agiremo. Tu Sandro hai scoperto qualcosa dove si trova Melissa?"

„Ehm, parlano della zia di Melissa che hanno messo la sua casa in vendita perche lei va in una casa di riposo,e che la casa sta un pò fuori citta."

„Cerchiamo un pò dove si trova la casa della zia di Melissa forse riusciamo a trovare anche Melissa."

„Gianna ti va una tazza di te,lo sto preparando anche una per me?"
„Si volentieri Danilo. Hai sentito qualcosa nell frattempo che mi sono addormentata di Sergio?"
„No e passato solo un ora,ma appena che ho finito di preparare il te lo chiamo.Come lo vuoi il te, ci sta alla frutta, menta o nero?"
„Oh, hm alla frutta grazie."
Danilo gli porge la tazza bollente di te e prende il cellulare e lo mette a viva voce, e compone il numero di Sergio.
„Ciao Sergio sai gia qualcosa dove si trova Ida?"
„ Si sta rinchiusa nella casa di Peso. Melissa e scappata dalla prigione, e la stiamo cercando perche era fino a poco fa al telefono con Giorgio. Fra poco

vengono rinforzi Flavio e Alessio.Danilo, Gianna ci sentiamo più tardi devo attaccare."

„Oky Ciao riportate Ida."

„Ce la metto tutta per riaverla ci puoi contare."

„Vedo un taxi che si ferma davanti casa e adesso vedo qualcuno scendere, non ci posso credere e Melissa."

„Sandro non cercare più l'indirizzo della zia di Melissa lei sta qua."

„Sta aprendo la porta di casa ha le chiavi!"

„Oh, managgia non avete imparata a bussare alla porta mi stavate a fare venire un colpo."

„Come e la situazione ragazzi?"

„Melissa e appena arrivata con un taxi,dai state zitti stanno parlando ascoltiamo che intenzioni hanno cosi sapremo di più come muoverci."

Ascoltavano la voce che parlava;
„Hm, tesoro ho preso contatto con Jinko, domani mattina stara qua,dovviamo farci trasferire i soldi prima delle sette.Lui si divertira un poco con lei prima di mandarla nel al di la. Ma noi quando sarà a quell punto stiamo gia lontani dietro la montagna."

„Questi sono pazzi, la dovviamo tirarla fuori prima del alba, ci serve un piano di azione."

„Giorgio gli hai dato abbastanza sonnifero? Ho una fame! Senti mi metti una Pizza nel forno?"

„Si lo faccio Melissa, vorresti con la pizza un bicchiere di vino?"

„Hm, volentieri Grazie tesoro."

„Guardate qua ci sta una piccola porta che va in cantina e da la ci facciamo strada per entrare dentro casa."

„Mettetevi l'auricolare al' orecchie cosi ci teniamo in contatto."

Scendono dal furgoncino tutti e quattro solo Sandro rimane dentro. Sergio e Flavio strisciano fino alla porta della cantina rompono silenziosamente il cylindro e entrano dentro.La torcia elettrica illuminava abbastanza, salgono i sei scalini e si ritrovano davanti una altra porta.Sergio spinge silenziosamente la maniglia giu e si apre uno spiraglio.

„Roberto ci senti, noi stiamo dentro e voi dove siete?"

„Noi stiamo davanti alla terrazza,loro stanno mangiando la

pizza e guardando la televisione in soggiorno."

„Allora noi andiamo al piano di sopra a cercare Ida.E voi prendete quelli due e mettetli le manette."

„Fermo Sergio! Melissa sta uscendo dal soggiorno."

„Si noi la vediamo da dietro il muro della scala, che in questo momento sta salendo al piano di sopra. Io frapoco salgo dietro di lei. Dove sta peso?"

„E ancora in soggiorno."

„Sfascia la porta della terrazza e amanettatelo.Lei sta andando al bagno, appena che esce Flavio la prende,
io nell frattempo vado a cercare Ida che in una di queste camere che deve stare."

Sergio guarda in una delle due prime camere e non c'era. Flavio stava ancora fuori dalla porta

del bagno posizionato, aspettando
che uscisse. Voleva aprire la
terza porta ma era chiusa a
chiave. Come poteva aprire la
porta? Si guarda intorno e vede
un mobiletto e sopra c'era una
chiave posata...

Lei si era addormentata, però un
rumore la sveglia, qualcuno stava
provando a aprire la porta. Lei
si incomincio a ricordare che
era rinchiusa. Con un secco tonfo
la porta si apre subito a Ida gli
percorre un brivido. Davanti a
lei c'era Sergio. Lui la prende
in braccio e lei lo abbraccia.
„Flavio apri la porta e vieni
qua, vedo il riflessio di
Melissa!"
Tutto a un tratto si sente una
voce dura e femminile.
„Taaaattta il grande salvatore di
tutti i tempi, alza le mani eroe,

butta la tua pistola verso di me
subito!"

„Metti giu la pistola Melissa e
finita."

„Mai e poi mai!"

Flavio striscia silenziosamente
dietro di Melissa,con una mossa
sola la sbatte in pancia in giu
per terra, subito gli mette le
manette.

„Sergio vai tu a casa con Ida,
noi risolviamo il resto."

„Puoi qualcuno avvertire Danilo
che stiamo a venire a casa? E
Flavio ci potresti portarci tu a
casa, non ho la macchina siamo
venuti con il furgoncino, e i
ragazzi quando hanno finito qua
devono anche andare a casa."

„Si vi porto io, tanto devo fare
la stessa strada, qua ce
la fanno anche da soli. Non sono
riuscito a dormire otto ore di
fila nelle ultime ventiquattro

ore. Sono stanco."

„Ida come stai? Ti porto io fino alla macchina, sei abbastanza trambellande sulle gambe."

„Sono stanca voglio dormire."

„Si lo so e ancora l'efffetto del sonnifero,che ti hanno dato."

„Danilo, porto Ida di sopra, che faresti un te per noi?"

„Gianna non proccuparti sta bene e solo ancora abbattuta del sonnifero. Adesso sopra gli faccio un bagno e la metto a letto. Bevi anche tu un te, e vai anche tu a dormire siamo tutti stanchi."

„Ida siediti qiu sulla sedia che vado a fare uscire l'acqua alla vasca." Dopodiche che aveva riempito la vasca di acqua ci versa dei sali da bagno.Ritorna in camera da letto e la aiuta a svestirsi e la porta in bagno la aiuta a entrare dentro la vasca.

„Vabene se ti lavo io? Sei troppo stanca per farlo."

„Ehi io lo pretendo che mi lavi, dopotuttto voglio due bambini e un cane Wauzi da te"

„Haahaa, sei sicura di quello che dici?"

„Totalmente l'altro ieri mi sono resa conto, ma non volevo crederci ma io ti amo."

„Allora vuoi due bambini e un cane hai ancora un'altro desiderio piccola?"

„No e dopo non ti voglio sopraffarti di più di quello."

„Sei proprio una sfacciatella, aspetta che stai di nuovo bene se ti prendo di faccio cosi tanto solletico che mi chiederai pietà."

„Eh, ma prima mi devi prendere."

„Oh,e incredibile sempre ultima parola, ma per questo che ti amo."

„Senti vai sotto le coperte,vado
giu a prendere il te."
Scende e va in cucina, prende
dalla brocca con dentro il te e
ne versa nella tazza, E risale le
scale per andare in camera da
letto.

Era gia mezzogiorno, Ida stava
accanto a lui e dormiva.
Sergio si veste e scendo giu in
cucina e accende la macchinetta
del caffe.Tutta la casa era
velluttata di silenzio. Intanto
che aspettava che la macchinetta
del caffe e funzionale prende dal
l'armadietto la tazzina e la
poggia sotto imbocchatura dove
esce il caffe e spinge il
bottone.Dopo un secondo esce il
liquido nero.
dopodiche che si era bevuto il
caffe prende dal frigorifero le
uova, formaggio e la pancetta per

preparare la colazione.

Gianna e Danilo entrano in cucina;

„Buongiorno Sergio."

„Buongiorno avete dormito bene voi due?"

„Si ero cosi stanca che subito mi sono addormentata."

„E tu Danilo?"

„Si anche io subito ho preso sonno."

Tutte due chiedono di Ida;

„E Ida dorme ancora?"

„Si la sveglierò quanto ho finito di preparare la colazione."

„Sergio lascia stare la preparo io, tu vai dal lei e scendete fra venti minuti."

Danilo a Gianna;

„Ti aiuto io."

„Oky, grazie a tutte due, allora vado su da lei."

Sale le scale a due a due i gradini alla volta, non vedeva

l'ora di stare da Ida.Appena apre la porta della
camera, vede Ida che si sta svegliando seguendo un battito di ciglie e una stirachiata.
„Buongiorno piccola come ti senti?"
„Hm, bene ma ancora meglio se mi dai un bacio."
„Vieni qua piccola dolce Ida."

Ida si lecca le dite;
„Gianna la frittata e veramente buona."
„Grazie Ida,Danilo mi ha aiutato."
„Peccato veramente,oggi avreste pranzato da me. Ma ci sara un'altra occasione."Sergio fa un sospiro e si gira verso Ida.
„Ma sicuramente tesoro,non proccuparti ,mica vorrei ritornare a milano?"Ida fa un rumore curioso; un cavallo

nitrito seguito da una risata.

„Tu sei un furfante ma cosa pensi che voglia un legame a distanza e dopo i bambini non nascono dal niente, Purtroppo si deve fare qualcosa.Heehhheee.“

„Aha, allora posso stare tranquillo.“

Danilo e Gianna appuntano l'orecchie;

„Senti Danilo a me mi sa che ci siamo persi qualcosa,ma che state insieme? E da quando?“

„Sai mi sono resa conto di amarlo e lui mia ama anche perche non provarci?“

„Hai ragione Ida anche io ti devo confessare qualcosa mi sono innamorata di Sandro e comunque neanche io sono

interessata a un legame a distanza percio vengo a vivere qui a roma.“

„Oh,che bello non potrei chiedere di meglio."

„Allora miei cari io vado da Roberto a vedere il film, mhm penso che tu Sergio rimani qui?"

„E si che rimango qui io e Ida abbiamo un sacco da recuperare."

„Io invece vado con Sandro al cinema e dopo andiamo a mangiare qualcosa."

Danilo e Gianna gli salutarono avevano tutte due qualcosa da fare nel pomeriggio.

„Oky vi auguriamo a tutte due buon divertimento."

Pure l'oro gli augurono buon divertimento e gli fanno l'occhiolino.

Ida

3e e Sergio vanno in soggiorno e si accoccolono vicino al camino.

„Dove stai con tuoi pensieri?"

„Sono a pensare a nostri Genitori cosa diranno di noi che stiamo insieme."

„Ma penso proprio niente saranno felici per noi."

„La prossima settimana ritornano i tuoi genitori che ne dici se la seguente settimana li invitiamo a mangiare insieme?"

„E una idea eccellente, come stai? Adesso sembri un pò fiacco oggi non facciamo bambini?"

„Cosa! Aspetta che ti prenda e ti metto dentro il mio letto ti faccio vedere io chi e fiacco."

„Oh, ma prima mi devi prendere eeehee."

„Aspetta te piccola peste!"

„Non hai più fiato?"

„Ida adesso ti ho dove sempre ti ho voluta nell mio letto."
Lui la bacia, e lei crede di stare in paradiso. Perche ha trovato il vero amore dell sua vita.

Ringraziamento

A mia mamma che mi sostiene nei momenti difficili. E tutte le amiche che mi stanno vicine.Siete la mia vita grazie di cuore.

E un Grazie di cuore va al editore Books on demand.

Seguitemi su:

Facebook

www.liebesromandieliebesiegt.com

.

Desiderio Passionale